目次

＊

楕円形の春

箕面線余話

祭りの夜に六地蔵

八月十二日の破片《かけら》

雀の群れが空を埋《うず》めている。
夜明け
神々がラジオ体操をはじめる

＊

物干竿に架かっている洗い晒しの入道雲
ジェット機が夏の真ん中で旋回してゆく。

＊

時の砕ける音。

素麺の束が
板の間に落ちて
割れて　千切れて
散らばってゆく

＊

真昼の月を採ろうとして
捕虫網を
幾度も
継ぎ足した

*

楕円形の春

楕円形の春がやつて来た

水の温度が変はつたからでせうか
いつも朝食に食べてゐる茹で卵の薄皮が
じやうずに剝けない時があるのです
殻を外した薄皮の表面を指先で強く摩ると
内側に残つてゐたわづかな水滴が
破れた冬の裂け目から
少しづゝ滲み出して来ます

きれいに剝きゝつた茹で卵をほゝばつて
温めておいたミルクといつしよに嚥み込むと

口の中は春の匂ひで一杯になるのです
霜焼けになつてゐた左手の
腸詰ウヰンナのやうだつた薬指と小指も
やうやく骨の形に戻つて来ました

炬燵のなくなつた居間で
わたくしと妻は
ふたつの焦点のやうに
ぐゎらんとした午後の陽溜まりの中に坐り込んで
日すがらお気に入りの詩集を読んでゐます

おとなりのお婆さまは庭掃除をしてをられます
いつまでも春落葉を掃き集めてをられます
空の天辺から竹箒の音が
夕闇とおなじ速度で降つて来ます

万物を入れ替へるやはらかな風が吹き始めると
暮れのこる幽かな光を捜して空高く舞つてゐた雲雀の

さへづりも絶え
いくぶん扁平になつた藍白の月が
待ち兼ねたやうに昇つて来ます
楕円形の春がやつて来ました

赤信号におまじない

若い母親はたくましかった
自転車の幼児用フロントシートに小さな女の子
後ろの幌付きチャイルドシートには
おそろいの花柄ヘッドギアをつけたお姉ちゃんを乗せ
自分は抱っこ紐で赤ん坊を胸に抱いて
アマゾネスのようにしっかと両足を踏んばり
信号が変わるのを待っていた

前かごに入れた買物袋からは
立派な大根と葱が飛び出している

赤信号を見上げて
少しだけ眉を上げた母親は
腰をかがめ
前にすわる妹ちゃんに耳打ちする
うん、とうなずいた女の子はいきなり
「信号さん！　青になれ！」と
目の前の赤信号に向かって
舌足らずの甲高い声で叫んだ

びっくりしてわたしは
思わず少女に目をやる
母親はにこにこ笑ってる
「青になれぇ!!」
妹につづきお姉ちゃんも後ろから
小さなこぶしを振りあげて

魔法の呪文を大声で唱える

信号を待っている人たちが
女四人を乗せた重装備の電動アシスト自転車に
もの珍しげな視線をあつめる
そんなことにはお構いなしに
母親もいっしょになって
よく通る野太い声であとを追う
「青になあれ、信号さぁん」
もちろん信号は
それしきでは
変わらない

「いっち、にぃ、さぁん、しぃ……」
信号機を指さしながら
女の子が数を数えはじめる
覚えたばかりの言葉でおぼつかなげに
「ろくぅ、しち……、は…ち……」

うろ覚えになったと見るや
すかさずお姉ちゃんが加勢
元気な声で先をつづける
「きゅーっ、じゅーっ、じゅーいっち、じゅーうにっ……」

がんばれがんばれ
わたしもいつのまにか
声には出さずに数えてる
じゅうさん、じゅうし、じゅうご

そういえば遠いむかし
幼かった息子が
いくつかの呪文を
まだ不器用にあやつることのできた
見習い魔法使いだったころ
わたしたちもこんなふうに
家族そろって
透明でふたしかなこの世界の約束事に

立ち向かったことがあった

信号を見上げてわたしも
忘れかけていたおまじないをつぶやく
されば、青になれかし、信号よ
梅雨の晴れ間の青空には
飛行機雲の白線が四本
くっきりと引かれていた

「じゅーはっち、じゅーきゅー、にぃじゅーう」
数を数えるのはお姉ちゃんにまかせて
妹ちゃんはまた
「青になれっ!」とくり返す
それでも信号は
変わらない

信号を待っているみんなも
息をひそめて

赤信号を見上げてる
じっと空を見上げてる
きっといっしょになって
数を数えているにちがいない
おまじないを唱えているにちがいない

「にじゅーうさぁん」
「青になれぇ」
「にじゅーうぅしぃぃ」
「青になぁれぇぇ」
みんなどんどん笑顔になってゆく
「にじゅー

自転車が

漕ぎ出される
交差点のなかへ
真っ青な空に向かって

もう誰も
信号を見上げていない

女の子たちの歓声が
交差点の空にひろがってゆく

みんなの心の
ひそかな
喝采も

ガスタンクに向かって

海辺の小学校まで通う道は
丘の上からまっすぐつづく
長い下り坂だった
ガスタンクが真正面にあった
坂の勾配は
真ん中あたりで一度
なだらかになっていて
そのときだけ
ぼくたちの視界から
銀色の巨大な球を隠してしまう

登下校に自転車を使うことは

ゆるされていなかったが
短縮授業がはじまってから
放課後にもういちど
学校のプールに泳ぎに行くときだけは
自転車に乗ってその坂を
ブレーキをかけずペダルも踏まず
両足をおおきく開いたまま
駆けくだるのが
ぼくたちの七月の
心おどる冒険だった

しだいに加速しながら
坂を下ってゆくと
すこしずつ路面の下に沈んでいった
かがやく球体は
坂のくぼみを越えたとたん
突如として
まっ青な夏空の中にそびえたち

ぼくの乗った自転車は
ガスタンクに向かって
全速力で

空を飛んだ

昭和町駅前交差点の南北

大阪地下鉄《メトロ》御堂筋《みどうすじ》線昭和町駅は　大阪の南玄関である天王寺駅のひとつ南の駅　東西に走る松虫通《まつむしどおり》と南北のあびこ筋が交わる昭和町駅前交差点の真下にある

昭和町駅北東の阿倍野区昭和町一丁目には　学生時代オチケンにいたわたしが何度か昔話を聞きに訪れた　明治生まれの老落語家の住む古いアパートがあった

南西側の阪南町二丁目には　平成生まれの息子が妻と娘と暮らしているオートロックの賃貸マンションがある

三十年ぶりに元号が改まったゴールデンウィークの最後の日　孫娘のはじめての誕生日祝いに招《よ》ばれて　何十年かぶりに昭和町駅で降りた　ホーム階から階段をのぼって改札階へ　改札を抜けてもういちど階段をあがり　ようやく地上に出る

教えてもらった道順にしたがってあたりを見まわしながら　息子の

マンションへと　あびこ筋を南に向かって歩いていたつもりだった
が　しばらくして何かヘンだと気がついた　何度も階段を折り返し
たせいで　どうやら南北を間違えてしまったらしい　はてわたしは
どこへ行こうとしているのか
明治大正の寄席のあれこれを　思いつくままつい昨日のことのよう
に話してくれた　あのなつかしい落語家のぼろアパートへか（いや
いやそんなわけはないのだが）それとも　まだカタコトもしゃべれ
ないけれど　笑顔と仕草が愛おしい孫娘が　よちよち歩きで進んで
ゆく平成から令和へとつづく明日へか

途方に暮れてわたしは
昭和という名の駅前交差点まで引き返す
見わたせばだがそこは見知らぬ街角
いったいわたしはどちらの時間へ行くつもりだったのか
白茶けた陽のひかりに満ちた高い空を見上げ
もう一回考えてみる

それくらいのあいだは

過去も未来も
しばし時間を止めて
待っていてくれるだろう

十月十日の神様

十月十日に稲は刈られた

孫娘の通う幼稚園まで
はじめての運動会を見に出かけて帰ってくると
我が家の向かいの稲田は
見違えるばかりの広い原っぱに変わっていた
刈り残された稲株だけが
見事な遠近法を描いていて

田の中立入禁止

と墨痕も鮮やかに書かれた板きれが

原っぱの前に立てられた杭の先に打ちつけてある

せまい園庭で幼き児らが
徒競走をしていたわずかな時間に
電光石火の早業で
金色の稲穂の海を
干上がった泥地へ一変させた神がいたのだ
子どもたちが走り回ったりせぬよう
誰も見ることができない結界をめぐらし
標《しるし》となる看板ひとつを立て置いて

そうとは知らぬ
一匹の黒猫が結界をまたぎ越え
悠然と原っぱへ入ってゆく
すでに田ではなくなった
不可侵にして聖なる土地へと

ずっと以前　六日かけて

世界を開闢したときとは違いこのたびは
たった数時間で一仕事を済ませ
今ごろどこかで　ひと柱の神様は
革袋の中で醸された飴色の古酒でも
呑んでおられるのだろうか
黒猫の破戒にはまるで頓着もせず

さかいめに風船ひとつ

（不思議な光景を見た

駅前大通りへの近道にと
　せまい農道を抜けようとした裏手には
まるで切り分けられたカステラのような
　どれもおなじ安普請の建売住宅に

ぐるりと四方を囲まれて
　ぽっかり取りのこされたまま
見渡すかぎり緑一色の水田が
　　ひろがっていた

稲の緑とまるきりおなじ色だったので
　しばらくは気づかずにいたが
緑の風船がひとつ
　まだ穂の出ていない稲が生えそろった
　　青田の
　風わたる葉波の上すれすれを
ふわりふわりとただよっていた

　時折揺らめく葉先に撫でられて
ぽわんと弾み
　またそっともどってくる
　表通りの賑わいからは隔てられた
一面緑の田んぼと真っ青な夏空との

秘密めいたさかいめに
そのちいさな球体は
しずかに浮かんでいた

おだやかに浮き沈みする風船に見とれ
つと立ちどまった私が
人生の道端に忘れてきた数多《あまた》の逡巡を
しばし思い出していたとき
緑色に染まった一陣の荒い風が
風の道を描きながら
吹きすぎていった

まいあがり
風の
谷間に
すいこまれ
緑の
ふちまで

落下したあと
ふたたび
風に
つかまえられたまま
空の
なかほどに
むかって
まっすぐに
のぼって
ゆく
○
∘
・

緑の風船は
空の青の深みに
たちまち

溶けてしまった
たったひとり分の
ちっちゃな
魂
のように

（べつに不思議でもなんでもないのだが
（それはとても不思議な光景だったのだ

風の石　——酒船石異聞

1

この丘は
何者かの墳墓だったか
石は
小高い丘の林のなかに
据え置かれてあった

石棺ほどもある
緑がかった石の上面には
幾すじもの太い溝が
彫られている

この石造遺構*を
おとずれた人は
誰もが
その不思議な図形の
意味を探ろうとする

未だ解読されていない
溝の謎

石はむかしから
そのようにして
人びとの心のうちに
一陣の
太古の風を
送ってきた

時の流れのなかを

休みなく吹いてきた風
今も
木漏れ陽のあいだから
吹いてくる

2

急ぐことなく
近づいてくる
かわいた靴音が
林の奥から
聞こえてきた

ゆっくりと
のぼってくる妻の
秒針のように

たしかな歩み

遅れている
時の到着を待つあいだ
わたしは
石の冷たさに
しばし倚りかかる

溝に吹き寄せられて
たまっている
時の砂粒

ざらざらとした
手ざわりの下から
古代の遒《ちからづよ》い響きが
伝わってくる

鑿で

石を穿った
鋭い音

この石に堆積した
時の重なりを
今もなお
震わせている
一撃

わたしの肩に
振り下ろされる
槌の幻影

どこまでも高い
秋空のなかにそれを見たのは
永遠に続くかと思われた
往古《いにしへ》の夢のなか――

3

——浅く微睡《まどろ》んだのは
だが
ほんの束の間だったか

わたしを呼ぶ
妻の声で我に返ると
あたりは
眩しい光に
つつまれていた

おおきく
伸びをしたわたしは
軽いめまいを
石に預けた
背でささえる

思いがけなく
あたたかな
石のあかるみ

さっきまで
雲の陰になっていた石に
陽が
皓々とあたっている

夢のなかでは
はっきりと解っていた
溝の意味が
今また
形なきものに
変貌するとき

この丘の底深く
眠っている

死者の夢のように
久遠の時間は
謎を
明かさぬまま
溝の幾何学模様が
さらに
深く刻まれてゆく

4

妻にうながされ
遠く西方に
連なって聳える
葛城連峰を望む
今しも

暗い緑におおわれた
峰の一角に
光が差し
見るまにくっきりと
あざやかな色に
変わっていった

かりそめの午睡から
わたしを目覚めさせた
妻の呼び声は
この光の動きを
見つけたからだったのか

不意に光量を増して
世界が白くなる
午後のひととき

風にゆれる

一面の稲の稔りを
つらぬいて
アスファルトの道路が
山ぎわまでまっすぐに
伸びていた

5

風は
休みなく
吹いている

この丘のうえを
わたってゆく
こがね色の風

わたしは

そのかがやきに
目をうばわれる

風は
脈打つ時間に
充たされていた

折しもほどけはじめた
時間の
端っこに
そっと
手を伸ばし

その息づきを
わたしたちは
たしかめる

箕面線余話

昼下がりの幸福について

めずらしく混んでいた
昼下がりの箕面線
あいていた隅の優先席に腰を下ろすと
向かいにひっそりと
双体の道祖神が座っていた

奥深い箕面山中で長いあいだ
風雨に晒されていたかに見える石仏は
寄り添ったかたちに刻まれていた
男の苔むした眼は一文字に閉じられ
だらしなく開いた股のあいだに
両手をだらりと垂らして

女の肩に凭れかかっている

あちらこちらに亀裂の入った女は
やや半身《はんみ》になって男の二の腕を把み
もう一方の手で男の膝を
深々と息を吐くテンポで
軽くたたいていた
ちょうど眠りに落ちようとする幼子を
寝かしつけるかのように

車窓から見える箕面の山なみの
紅葉はひときわ鮮やかで
ハイキング帰りの乗客たちの
しずかなざわめきと汗のにおいが
すこしだけ開けられた窓からの
風に乗って流れてくる

男の瞑った目のはしから

涙がひとすじ流れ落ちた
ぬぐうでもなく男は
女がゆったりと拍子をとりながら
膝をたたくにまかせていた

　この電車は次までです
　宝塚・梅田方面へは
　次でお乗り換えください

眠る男の涙のあとと
女の節くれだった指先を見
石と石が打ちあわされるたしかな音を
聞きながらわたしはふと思う
男は今しあわせなのだろうか
女は？

電車は乗換えの石橋駅に到着する
——着いたわよ

ひび割れたくちびるの隙間から女がささやく
男の石の目がわずかにひらき
誕まれることのなかったものが
ながい時を経て
はじめて人間に気づいたかのように
黒々とした闇の奥から
動けずにいるわたしを
じっと見ている気配

——いったいどこに着いたんだ、おれたちは？
かすかな嗄《しゃが》れ声がわたしにまで届く

最終電車を乗り継いで

阪急梅田駅発二十三時四十八分
箕面線に連絡する最終の宝塚線急行に乗ったとたん
不覚にも眠りこんでしまったわたしは
どこからか聞こえてきたカチカチという
時計の音で我に返った

むかし　まだ芦屋に住んでいた子どものころ
阪神大震災で全壊してしまうずっと前
我が家にはボーンボーンと時を告げる
ねじまき式の柱時計があった
真夜中十二時にも律儀に十二回鳴るので
その音に目が覚めて回数を数えはじめると
金縛りにあったように目が冴えて

それっきり眠れなくなったものだった

おとなになってからも
カチカチとすすむ時計の
時を刻む音が気になりだすと
どうにも眠れなくなってしまうたちで
寝室には静音時計しか置いていないのだが
ひさしぶりに聞いたカチカチカチという時計の音で
わたしは乗換えの石橋駅を
乗り過ごさずに済んだのだった

その音は向かいに座っている年老いた男の
膝に置かれた八角形の
古めかしい掛時計から聞こえていた
光沢を失い先っぽが割れて
ぽっかりと口をあけている黒革靴を履いた
蓬髪と化した白髪頭の老人は
よれよれの白ワイシャツに

ぶかぶかの背広を着ていて
とっくに定年を過ぎたのに
まだ恰幅の良かったサラリーマン時代の背広を
そのまま着つづけているような
なんとも不恰好で貧相な男だった

石橋駅に着いてわたしは
眠気を振り払いながら
老人といっしょに急いで電車を降りた
もう発車ベルが鳴りだしている箕面線へと
地下通路を小走りに駆けおりながら男を窺うと
二十センチ角ほどのその掛時計を小脇に抱えて彼は
思わぬ速さでわたしを追い抜いていった
カツカツという乾いた靴音が通路の壁に反響している

箕面線ホームに吊られた時計の下で
つかのま立ち止まった老人は
車掌を待たせたまま

掛時計を持ち上げ　ホームの時計と見くらべていた
自分の腕時計の時刻をつい確かめているような
ふだんからやり慣れている
なにげない動作のようにそれは見えた

箕面線終点の箕面駅まで三駅のあいだ
最終電車のたった二人だけの乗客となった老人とわたしは
先ほどまでとおなじように
座席の端に向かい同士に座り
カチカチカチと時を刻む時計の音にじっと耳を傾けた
静かに目を閉じて　痩せたからだを
かすかに揺すっている年老いた男の様子はまるで
その音にあわせて揺れるあの柱時計の振り子のようだった

電車の中で見かけたふたりのご婦人の話

お昼前の電車はほどよくすいていていてゆったりと座っていられるくらいでした
向かいに座っておられたふたり連れのご婦人がたはひそひそ話に夢中で
楽しそうにくすくす笑いながら　止まることなくお喋りをつづけておられます
もっぱら喋っておられる左側の太った年配のマダムは右手で口許を隠し
小さなコサージュをつけた胸の前で左手を忙しなく動かしつづけておられます
聞き役をしておられる右側の痩せた老婦人は　うんうんと律儀に頷きながら
ファスナーを開けたトートバッグの中から銀色の小体なめがねケースを出して
紫のフレームのめがねを鼻先にかけ　膝に置いたポーチのファスナーを開いて
ケースを仕舞ってから　ポーチの中身を確認するように一度覗きこんだあと
入れ替わりにピンク色の小さな手帳を引っぱりだしてページをめくります
相槌をうちながら何やらかにやらちまちまとちびた鉛筆で書きとめると
振られつづけている連れのマダムの手をそっと握って　そのお喋りをさえぎり
手帳を見せながら耳許で一言二言ささやいて　にっこりと頷きあわれたのです

それから閉じた手帳をおもむろにトートバッグに仕舞ってファスナーを閉じ
レースのハンカチーフをポーチから出して　首筋を軽く押さえたあと膝に置き
ポーチのファスナーをいったん締めてから　顔をあげて窓の外を一瞥すると
なにごとかを成し遂げたかのように　ふうっとひと息ため息をつかれました
そのあいだも喋りつづけるマダムには休まず頷きつづけておられます
そして膝のうえにハンカチーフがあることにふいに気づいたかのように
彼女ははっと背を伸ばし　もういちどトートバッグのファスナーを開いて
そのなかにハンカチーフを注意深く仕舞いこんだのです

もうじき次の駅に到着するという車内アナウンスが流れてきたときでした
頷き役の痩せた老婦人はそのアナウンスで矢庭に思いついたとでもいうように
あわてた素振りは見せないながらも　それでも猛然たるスピードで
いままでの一連の移動をもとに戻す作業をはじめられたのです
まずは開いたままのトートバッグから手帳を取りだしていったん膝に置き
ポーチのファスナーを開いてその中にピンクの手帳を戻したあと
ポーチの奥からめがねケースを出してきて元あったトートバッグに戻します
到着駅に近づいてきた電車はすでに減速をはじめました
老婦人はさらにハンカチーフをトートバッグから抜きだすと

もういちど軽く汗を押さえてから悠然とポーチに仕舞われました
彼女がポーチとトートバッグのファスナーを両方とも閉じおわったのは
電車がホームに停車したのと図ったようにぴったりおなじタイミングでした
ふたりのご婦人はお喋りをつづけながらそのまま仲良く降りてゆかれました

あんなにもきっちりとすべてを元通りに戻されたのにもかかわらず
老婦人が紫色のめがねをかけたまま仕舞われなかったことに私が気づいたのは
扉が閉まり　終点の駅に向かってふたたび電車が発車したあとのことです
知らず知らずに握りしめていた拳をほどいて詰めていた息をふぅっと吐きだし
それからどうしてだか私は　ちょっと声に出して笑ったのでありました

二〇一八年の猿が台風の夜に見たもの

のちに京都大学霊長類研究所初代教授となる、大阪市立大学教授川村俊蔵《かわむらしゅんぞう》*がこの箕面の地ではじめて野生の猿の餌付けに成功してから二年後、箕面山《みのおやま》自然公園は一九五六年に開園した。大都市近郊で野生のニホンザルの生態や行動を観察できる、全国でも珍しいこの自然公園は、同年ただちに天然記念物の指定を受け、以来広く市民に親しまれてきた。

二〇一八年、一頭の猿が箕面の山奥から市街地へと降りていった。非常に強い台風がこの北摂《ほくせつ》の地を直撃した真夏の夜だった。昔とちがい、山中には十分な食料があり、滝道や箕面ドライブウェイにまで出て、人間たちから食べ物を奪う必要はなかった。猿たちは最早飢えているわけではなかった。

明治百年記念事業のひとつとして、一九六七年には国定公園にも指定された箕面山自然公園一帯では、餌付けした猿を貴重な観光資源として手厚く保護していたが、急速に個体数を増やしたニホンザルによる、観光客を襲う猿害が深刻な社会問題となってきた一九七七年、自然公園はやむなく閉園され、代わって箕面山猿調査会が発足した。調査会は、猿を人間たちから隔離して元の野生に戻すべく、箕面山中の国有林間伐地に新しい餌場を造り、猿の食餌となる樹木の植樹を積極的に行なう等の取組みを続けていた。

二〇一八年の猿は、台風の激しい風が木々を揺らし、増水した箕面川が轟々と流れくだるのを木の根方の洞《うろ》から見ていたとき、偶然にもその木に落ちた雷の不思議な力によって、人間をこの目で見てみたいという思いに突然とらわれた。この猿は生まれて此の方、人間というものを見たことがなかったのだ。

猿を駆り立てたのは、類人猿に代わって地球上に出現した最初の人間が持っていたのとおなじ、未知なるものに対する純粋な知的好奇心だった。猿は森の木伝いに箕面滝まで降り、濁った奔流となった箕面川に流れこむ巨大な倒木のあいだを縫って、滝道を走りおりていった。

強い好奇心の特別な力によって明治末年、一九一二年まで時を遡った猿は、役《えんの》行者《ぎょうじゃ》が六五八年に開山した瀧安寺《りゅうあんじ》を抜け、のちに箕面温泉ホテルスパーガーデンが建つことになる場所にあった箕面動物園を横目に、すっかり灯りの消えた阪急箕面駅前まで出た。当時、国内最大規模の、総面積三万坪、観覧遊歩道にいくつもの動物の檻が点在する回遊型の、我が国で三番目に古い動物園は、このときはまだ阪急電鉄の前身である箕面有馬電気軌道《みのおありまでんききどう》専務で、のちに実質的な創業者となる小林一三《こばやしいちぞう》により、一九一〇年に開園されていた。だが僅か六年後の一九一六年、この動物園は、観光集客の中心を箕面から宝塚へ移そうと目論んだ小林の手で閉園されることとなり、動物たちは前年に開業していた天王寺動物園などに引き取られていった。

箕面駅前本通り商店街を通り抜け、百楽荘《ひゃくらくそう》から牧落《まきおち》へと閑静な住宅街を南下しながら、さらに天保年間、一八三七年まで遡った猿は、箕面・大坂道と西国街《さいごくかい》道《どう》とが交わる四ツ辻の、触書が掲げられた牧落村高札場をためらわず右折し、池田郷・川西郷から伊丹・西宮を経て神戸へと向かう西国街道に四肢を進めた。町中《まちなか》に暮らす人間たちの姿を見たいと強く願っていたにもかかわらず、猿はいまだ誰ひとりとして人間を見ることはなかった。

時空を巡りつづける二〇一八年の猿は、阪急電鉄箕面線牧落踏切を渡り、降りしきる強い風雨の中、池田郷豊島《てしま》村へ続く西国街道を疾駆した。桜井駅を過ぎ、箕面自動車教習所の手前にある箕面消防団半町《はんぢょう》分団の倉庫脇に聳え立つ火の見櫓に取りつくと一気に登った。風の吹きすさぶ真っ黒な空に向かって、猿はひと声咆哮した。

その瞬間、風は止み雲が切れ、その切れ間から朧ろの月が顔を出した。まさに台風の目に入ったそのとき、猿の赤い目に映ったのは、はるか南の方角、大坂の地からあがる煌々たる火の手だった。世直しをせんと攝津《せっつ》國大坂天満橋《てんまばし》を発った大塩平八郎は、難波橋《なにわばし》を渡り、北船場《せんば》で三井呉服店、鴻池屋《こうのいけ》などの豪商を襲い、火を放って、のちに大塩焼けと呼ばれる未曽有の大火を引き起こしていた。

二〇一八年の猿が時を越えて、自分の見たいと思っていた人間というものを竟《つい》に見ることができたのか、一頭の猿がこの台風の夜、山をくだり、火の見櫓に登っていたことさえ、二〇一八年の人間たちは誰も知らない。

下り線のホームから

向かい側の上り線ホームでは
大勢の人が列をつくって
電車を待っている

朝の通勤時間
みんな顔なじみの人ばかり

ひとりわたしは
この下り線ホームから
反対方向へ行く電車に乗る

上り線ホームの
列の先頭に並ぶ人がひとりだけ

手を振ってくれている
あれは誰だっただろう

にっこり笑って
わたしは頷きかえす
おはようございますと
声には出さずに応える

若かったころとは
顔かたちが変わっているから
誰だったか思い出せない

毎朝同じ通勤電車に乗って
それぞれの職場へと向かった人
今日も変わらず元気そうに見える

ずっと前

わたしも列の先頭に並んで
向かいのホームに
ぽつんとひとりだけ立っていた人に
手を振ったことがあった

あれは誰だっただろう

反対方向への電車に乗ったきり
見かけることはなくなった

たしかあのときも
その人はにっこり笑っていた

もうわたしは
あの混み合う電車には乗らない
近づいてきたがらあきの電車に
さえぎられてしまう前に

わたしは小さく手を振り返す
今日も元気で
いってらっしゃい　と

祭りの夜

蟋蟀だって空を飛ぶ

しこたまに
しこたまに酔って
アパートの外階段を
ぐるぐるぐるぐるのぼっていた

踏みつけそうになった
茶黒い虫をあやうく避けて
よく見るとゴキブリじゃなく
よくよく見ると蟋蟀だった

酔っぱらいの千鳥足を先導するかのように
かろやかに跳ねながら
階段をぐるぐる

ぐるぐる階段をのぼってゆく

酩々酊々したおいらのアタマの
あゝ　このヌカミソアタマの
ずいぶんと奥のほうに
誘いかけてくる囁きささやきささささやき

知ってるさ　そうさこれは秋を呼ぶ虫の音《ね》さ
カタサセ　スソサセ　サセサセ　サセ　サセ
今にも割れ落ちそうな静寂《しじま》の隙間から
聞こえてくるひそやかな虫の声

すみわたるその声に耳をすましていると
踊り場から夜のなかへ
ツヅレサセコオロギ一匹
その一匹が飛び出していった

あとを追っておいらも両手を

両手をひろげ
おおきくおおきく両手をひろげ
とおいとおい昔のことを思い出しながら

ふうわと浮いたカラダを投げ出すと
折からの夜風に乗って舞いあがり
舞いあがりはるかとおくへ
ずっとずっととおくまで

あゝ　酔いどれおいらは運ばれてゆく

真夏の夜のかくれんぼ

夜の学校には来たことのない
低学年の子どもたちは
見慣れぬ場所に変わってしまった校庭を
むやみやたらに駆けまわってはしゃいでいる
運動場の四隅には
堂々たる赤い提灯が提げられていて
結界の目印のごとく
その広さを誇っている

夏休みの一夜
小学校で〈盆の幻燈会《げんとうえ》〉が行われる

運動場の真ん中に据えられた
おおきな映写幕の前に
家から持ってきた茣蓙を敷き
思い思いに座りこんで
親子ともども鑑賞する
真夏の夜の野外上映会

ようやく暮れだしたおそい夜空は
駅前の盛り場を彩るネオンを映してあかるく輝き
風にはためいて時折波打つしろい映写幕が
映画のなかの真昼の陽光を揺らめかせる
奇っ怪な巨人の姿となって
スクリーンを暗転させるのは
映写機の前を不用意によぎる子どもの翳

映画に飽きた子らは
ながく伸びた自分の影を追って
校庭をかこむ夜のなかへ

ひとりまたひとりと走り去る
夜のかくれんぼに夢中になった子どもたちは
結界を踏み越えて消息を絶ち
スクリーンの前には
二度と戻ってはこない

すっかり退屈したひとりの少年が
誰もいない幕裏の暗がりに回りこむ
裏側からのぞき見るおとなたちは
みんなかたちだけの人形《ひとがた》
スクリーンの光に照らされて闇に浮かびあがるのは
表情のない仮面の顔々

光ある場所にはざわめきが満ちている
ささやきあう声々はやがて光の澱みからあふれ出て
校庭を取り巻く闇の淵へと沈んでゆく
スピーカーから流れでる声と音も
はじめからひび割れたままの

なまぬるい夜気の震えにすぎない

少年は三角座りにしゃがみこみ
スクリーンの裏面で動きまわる役者たちの
左右逆さまになったどこか奇妙な仕草を眺めつづける
いつだったかプラネタリウムで見た覚えのある
満天の星空が
闇の大海原に浮かぶちっぽけな明るみを包んでいる

更けてゆく夜の昏さと静けさが
運動場を被いはじめるころ
欠けた月が山の端《は》に落ち
暗闇の底に据えおかれた朝礼台の上から
ひとつの黝《あおぐろ》い影が伸びてきて
音も立てず
少年の背中に覆いかぶさる

幻燈会の夜

少年はただひとり
生まれてはじめて
世界の外に
出た

風景のなかの赤

日暮れ近くになると　道を往き交う人の動きが慌ただしくなる
夜に向かって加速しながら崩れてゆく時間のなかを
誰もがふだんよりすこしだけ足早に歩いているいつもの帰り道
妻と子どもたちの待つアパートへと急かれるように辻を曲がると
狭い路地道の先に浮かびあがった赤い色が私の目にとまった

四つ角の郵便ポストの脇に駐められた真っ赤なハーレーダビッドソン
その鮮烈な赤にいざなわれるようにして私は家路を急ぐ
赤く光るオートバイが駐まっているというだけで
かたわらにあるポストの埃まみれの赤も
にわかに息を吹き返し　はじまりの色をあらわにしはじめていた

見慣れすぎてもはや目に入らなくなっていた風物として

いつも変わらぬ姿で街角にたたずんでいたポスト
いま私はその郵便ポストが元からずっと赤い色だったことを思い出す
甦ってくる明るい赤の記憶とは裏腹に　折しも夕焼けはみるみる色を失い
かつがつ私の目に映るのはふたつの赤色だけになっていった

褪せた赤帽子をかぶって佇っているだけの郵便ポストまで
さらに歩みを速め　私は引き寄せられるように近づいてゆく
そうして私は気づく　風景のなかの赤がこんなにも
突如として見えてくる夕暮れを　長いあいだ待っていたことを
――赤が私のなかに溢れた

――記憶の隙間に見え隠れしていた赤い閃光は鮮血の如く噴き出してきて
狂い咲いた一輪の椿の花が暗闇の中に落ちてゆくのを見た雪催いの冬夜
瓦礫から燃えひろがって倒壊した街並を夜じゅう焼き尽くした紅蓮の炎
太古　私の血へとつながるひとりの男が洞窟の奥で灯したはじめての火
――いままで思い出すことのなかった遠い時間の果てへ私を連れ出してゆく

堅く口を噤んだまま　息を殺して四つ辻を通りすぎた私は

アパートの階段をのぼりおえてようやく息をつぐ
扉をあける前にしばし立ちどまり　振り返って階下を眺めると
郵便ポストとオートバイの赤を残したまま
私の住む町はもう十一月の黒い夜の底にとっぷりと沈んでいた

余震まで

五時四十六分から数時間経って
瓦礫のなかから這いだしたわたしは
職場のある大阪をめざして
歩きはじめたのです
芦屋《あしや》浜の埋立地はいたるところ
液状化で地盤が沈下し
割れたアスファルトの裂け目から
砂まじりの黒い水が噴きだしていて

あたりいちめん土の臭気が
立ちのぼっていましたが
旧堤防の土手道は
ところどころに亀裂のあるものの
おおむね歩くことのできる状態でした
仰ぎ見る冬空には
ヘリコプターが群れ飛んでやけに騒がしいのですが
容赦なく破壊された町並みと
大地からは
すべての音が
消えてしまっています
宮川堀切川《みやがわほりきりがわ》をわたり
夙川津門川《しゅくがわつとがわ》へと
海岸線沿いを
東に向かって進んでゆきます
西宮《にしのみや》ヨットハーバーでは
壊れた岸壁に何艇ものヨットが

打ちつけられています
山側に目をやれば
垂直に崩れ落ちた路面が
断崖絶壁のように切り立っている途切れた阪神高速道路の
無残に捩れた姿が見えます
残った縁《ふち》にかろうじて停まった
半分はみ出たバスの車体が
まるで玩具《おもちゃ》のようです

ひろい武庫川《むこがわ》をわたると
ようやく尼崎《あまがさき》です
川をひとつ越すたびに
倒壊をまぬがれ
瓦や壁が落ちただけの家屋が増えてきました
行く手にひろがる尼崎臨海工業地帯の工場群を見わたすと
平べったかったこれまでの街の景色が
元どおりに高く四角くなってきたように思えます
震源地の神戸沖からは

もうだいぶ離れてきたのだとわかります

閉じられたままびくともしなかった
巨大な尼崎閘門《こうもん》の先には
夕映えて金色に輝く茅渟《ちぬ》の海*が
波音静かにひろがっています
遠く淀川《よどがわ》河口のはるか向こう岸では
大阪の街の明かりが
灯りはじめています
いつもの夜となにひとつ変わらない
ネオンのまたたきは
泥だらけのわたしのからだにまで
打ち寄せてきます
まばゆい光のなかのひとつは
職場のあるビルでしょうか
同僚たちは今夜も
残業をするのでしょうか
あそこにあるのは

ひしゃげた家の下敷きになって
わたしが息絶えた
明け方の地震が
起こる前のままの日常です

ぐらり
強い余震がきました
止まっていたすべての時計が
ふたたび西の方角に向かって巻き戻されてゆきます
半日前に生を熄えたわたしのからだに
ひたひたと水が満ちてきます
耳や目や鼻や口から滾々《こんこん》と
溢れでた生命《いのち》の水は
一滴のこらず地面に沁みこみ
やがて
束の間の道行きを終えて
この身は
このたましいは

淀川を渡ることなく
ふたたび大地に
還るのです

夜を歩く

深い紺青の星月夜が揺らめく冬の宵
遠回りして　むかし沼だった窪地沿いの土手道を
重たくなった夜気をかき分け家路につく
白く息を吐き　背を寒さにまるめて

低い屋根の家並がなかば沈みこんだ窪地は
澄んだ夜空の下　黒々とした闇をひろげている
ふと歩みをゆるめ　顔をあげてふりむくと

オリオンの三連星が離れずに従《つ》いていた
そのとき　ぐらりとひと揺れの地震《なゐ》
時ならぬ地響きがあたりをつつみ
星々も月もすべての光が途絶えて世界が闇一色となる
何者かがこの星空のメインスイッチを切ったかのように

太古この地に棲みゐしとつたえ聞く
黒涅色《くろくりいろ》の獣《けだもの》の咆哮がひと声闇を震わせ
寸瞬ののち　流れ星がひとすじ
天球の黒布を切り裂いて流れ落ちた

冬の大三角*はふたたび端然とかがやきはじめる
何ごともなかったように星明りが窪地を照らしても
すべての色の奥処《おくが》には脈搏つ闇の黒色がひそんでいると
わたしは今つくづくと思い知る

オリオンはすでにわたしを追い抜き

歩みゆく行き先を告げ示している
背を伸ばし満天の星空を仰いでわたしはまた歩きだす
妻の待つ家では窓の灯はまだ点っているだろうか

わたしたちはみんな棲処に帰る

子どもの頃から乗り物酔いをするたちだった
特にバスには弱く
遠足のたびに気分が悪くなった
おとなになってからも
バスに長く乗っているのは苦手だ

ジャンボジェットが墜落して
親しかった友人や同僚たちがいちどきに亡くなり
葬式がつづいた夏の終わり
会社帰りに偶然見つけたのは
大阪梅田から箕面まで行く路線バスの乗り場

阪急電車に乗れば三十分で帰り着く箕面まで
一時間半もかかる（と時刻表に記されていた）バスに乗って
だれもわざわざ帰ろうとするわけはない
そんな奇妙な路線バスに
自分でも解せない気まぐれを起こして
迷いながらも乗ってみた

始発の梅田バスターミナルから乗り込む客はそこそこにいて
この人たちはみんな終点の箕面まで行くのかしらんと訝ったが
ほとんどの客は淀川を越えたあたりでさっさと降りてしまう
そのあとしばらく阪急電車と並走している国道一《イ》七《ナ》六《ロク》号の道筋では
高齢者パスの人たちがぽつりぽつりと短い区間を利用するだけ
阪急豊中《とよなか》駅に近づいたあたりでようやく客が増えてきた

——ああなるほど　こんなふうにして
近隣地域ごとの普段づかいの区間が
いくつか数珠つなぎになって
とどのつまり梅田から箕面までが

ひとつの路線として運行されているのだな

豊中駅前でみんな一斉に降りてしまったあと
ひとりだけ残ったわたしが
次に混みはじめるのは箕面市内に入ってからかと
見当をつけていたら　あら不思議
天狗が大勢乗ってきた
はじめは夏祭りか何かの一団かと思っていたが
よくよく見れば天狗の面をかぶっているわけではない
正真正銘　高い高い赤鼻をした天狗たちだった
あわてて窓の外を見わたしても
ごく普通の町並が続いているばかりで
天狗などどこにもいない
いつもと変わらぬ夏のおそい夕暮れ

誰ひとりあいた座席には座らず
律義に吊り革を握っている天狗たちは
への字に口を閉ざしたまま宙の一点を見つめている

ひさしぶりに長い時間乗ったバスに酔って
ぼつぼつ気分が悪くなってきたわたしを乗せて
バスはいつまで経っても
終点箕面駅前にはたどりつかない

天狗たちで満員のこのバスは
御巣鷹の尾根にあるという
深い森のなかの彼らの棲処まで
このまま夜がな夜っぴいて
走りつづけてゆくのだろうか

祭りの夜に六地蔵

眠ってしまった娘をおぶって
角を曲がると
夜の昏さが犇めいていた
遠くなった祭りの喧騒が
追いすがるように空から降ってくる

髪に挿してもらった仏桑華《ハイビスカス》の赤い花を
娘は落としてしまったらしい
打ち上がった花火の光輪のなかに
墜ちてゆく機影を
垣間見たとき

灯りの切れた電信柱の向こうがわ

眼だけを光らせた黒猫が
闇よりも黒い脚をしのばせて
つぎからつぎと夜道を横切ってゆく
渉ってゆく先は地蔵堂
古いおおきな樹の下蔭

猫に寠《やっ》したお地蔵さまは今夜
六体ともにうち揃いて*
三つ指座りに行儀よく並び
地蔵堂を取り巻き通夜をする
おんかかかびさんまえいそわか
ざわざわと梢がさわぐように
低く応えあう鳴き声は
いつしか真言に変わり
喉を鳴らす声と重なりあって
地よりあかるい星空へのぼってゆく

一体だけ猫の形姿《なり》からもどった

放光王地蔵さまが
車座のなかからお顔をあげて
家路を急ぐわたしたちを見守っている
赤い前垂れが
揺れる蠟燭の灯に照らされて
娘の失くした髪飾りのように見え隠れする

子どもがひとり死ぬたびに
お地蔵さまがひとつずつ増えてゆく

幼かったころに亡くなった
婆《ばば》さまから聞かされた
おぼろな記憶
立ち現われては
つかのまに
消えうせ

黒猫たちと死者たちの

とおく呼び交わす声々は
なまあたたかい夜風に乗って
わたしをつつみ
すでに眠りについた人たちの息遣いが
娘のたてる寝息とひとつになって
わたしの肩に積もってゆくとき
やわらかい娘のからだが
不意に
重たくなる

*

一月十七日の瓦礫《かけら》

百日紅《サルスベリ》　萩《ハギ》　紫式部《ムラサキシキブ》
すべての葉を落とし尽くして枝だけになった順番
最後まで残っていたのは
いちばん早く咲いた紫陽花《アジサイ》

＊

朝になっても夜中の雪が
椿《ツバキ》の木下闇にかくれていた
オニが見つけにやってくるまで

＊

窓灯りのなかの人影

動いている。

消防自動車のサイレン
氷る月

＊

眼振。
右へ右へと引っ張られる
世界が自転する
重力が傾いでいる
ドオッと仆《たお》れた。

注——

風の石＝＊奈良県明日香村岡にある酒船石遺構は、当初、酒を搾ったものであろうとの推定からこの名前がつけられたが、のちに油を造ったもの、あるいは庭園の景の一部だとする説も唱えられた。また、考古学的には否定されているものの、田身嶺（多武峰／とうのみね）にあった両槻宮（ふたつきのみや）への入口施設とも考えられていた。そのほか、気体や液体などを利用して、電気回路のスイッチングと同様の作用を行うことを目的とした、いわゆる（当時の）流体素子であったという可能性にまで言及する研究もある。

二〇一八年の猿が台風の夜に見たもの＝＊川村俊蔵（一九二七―二〇〇三）は、霊長類学者、動物社会学者。霊長類学創始者の一人。ニホンザル社会における「末子優位の法則」を発見し（川村の原則）、「イモ洗い行動」などの文化的行動を世界ではじめて報告した。

余震まで＝＊茅渟の海は大阪湾の古名。

夜を歩く＝＊〈冬の大三角〉とは、冬季に南東の空に見られる三つの恒星（おおいぬ座 α

星シリウス・こいぬ座α星プロキオン・オリオン座α星ベテルギウス）を頂点とする三角形をいう。形は正三角形に近く、三角形の中を淡い天の川が縦断している。毎年十二月には、その北側に位置するふたご座からふたご座流星群が出現する。

わたしたちはみんな棲処に帰る＝＊日航機事故（一九八五年八月十二日）で、墜落した機体が発見された御巣鷹の尾根を含む奥秩父山地の北部地域一帯は古来、修験道の行場のひとつとして知られていた。

なお、阪急バスの大阪梅田と箕面とを結ぶ路線・阪北線十三系統は、一九八五年から三十五年を経た二〇二〇年一〇月に廃止された。

祭りの夜に六地蔵＝＊六地蔵は、仏教の六道輪廻の思想に基づき、六道（地獄道・餓鬼道・畜生道・修羅道・人道・天道）のそれぞれで、衆生の苦患を六種の地蔵（金剛願、金剛宝、金剛悲、金剛幢、放光王、預天賀の六菩薩・典籍により名称は異なる）が救うとする説から生まれた。オン　カカカ　ビサンマエイ　ソワカは地蔵菩薩の真言。

なお、「昼下がりの幸福について」は、「カルテット」7号に掲載された作品を加筆・改稿したものです。

服部 誕（はっとりはじめ）

一九五二年、兵庫県芦屋市に生まれる。

詩集
『首飴その他の詩篇』（一九八六・編集工房ノア）
『空を飛ぶ男からきいたという話と十八の詩篇』（一九九二・編集工房ノア）
『おおきな一枚の布』（二〇一六・書肆山田）
『右から二番目のキャベツ』（二〇一七・書肆山田）
『三日月をけずる』（二〇一八・書肆山田／第一四回三好達治賞）
『そこはまだ第四紀砂岩層』（二〇二〇・書肆山田）
『息の重さあるいはコトバ五態』（二〇二一・書肆山田）

現住所　大阪府箕面市桜一丁目十五番三号（〒五六二 - 〇〇四一）

祭《まつ》りの夜《よる》に六地蔵《ろくじぞう》

著者　服部《はっとり》 誕《はじめ》

発行者　小田啓之

発行所　株式会社思潮社

〒一六二‐〇八四二　東京都新宿区市谷砂土原町三‐十五

電話〇三（五八〇五）七五〇一（営業）

〇三（三二六七）八一四一（編集）

印刷・製本所　創栄図書印刷株式会社

発行日　二〇二三年十月十日